KB076769

SPLIT
C++
ALGORITHM

하루에 쪼갠다

C++ 알고리즘
(recursion 핵심기초)

하루에 쪼갠다 C++ 알고리즘 (recursion 핵심기초)

저자 _ 박영진

발행 _ 2020.09.10

펴낸이 _ 한건희

펴낸곳 _ 주식회사 부크크

출판등록 _ 2014.07.15.(제2014-16호)

주소 _ 서울 금천구 가산디지털1로 119, SK트윈타워 A동 305호

전화 _ 1670 - 8316
이메일 _ info@bookk.co.kr

ISBN 979-11-372-1719-5
www.bookk.co.kr

값은 표지에 있습니다.

「이 도서의 국립중앙도서관 출판시도서목록(CIP)은 서지정보유통지원시스템 홈페이지
(http://seoji.nl.go.kr)와 국가자료공동목록시스템(http://www.nl.go.kr/kolisnet)에서
이용하실 수 있습니다. (CIP제어번호: CIP2020037864)」

We learn something new every day.

Split it in 1 day

하루에 쪼갠다

C++ 알고리즘

(recursion 핵심기초)

intro

하루에 쪼갠다 XXX 시리즈에 대하여 :

'하루에 쪼갠다 XXX' 시리즈는 포스트 코로나,
뉴노멀 시대의 우리 모두를 위해 기획하였습니다.

'하루에 쪼갠다 XXX' 시리즈는
부담 없이 막간을 활용하여 핵심 지식을 챙기는
모든 분야를 망라한
자가발전 교양/학습 시리즈입니다.

'하루에 쪼갠다 XXX' 시리즈는
콤팩트한 포맷, 편하게 접근 가능한 가성비 높은,
전국민 문고 시리즈입니다.

'하루에 쪼갠다 XXX' 시리즈는
누구나 작가가 되어 자신의 콘텐츠를 나눌 수 있는
미니멀 콘텐츠 플랫폼을 추구합니다.

'하루에 쪼갠다 XXX' 시리즈와 함께
즐거운 취미/교양/문화 생활을 열어 나가길 기대합니다.

-'하루에 쪼갠다 XXX' 시리즈 저자 그룹 일동-

하루에 쪼갠다 **C++ 알고리즘**에 대하여 :

'하루에 쪼갠다 C++ 알고리즘'은
C++ 프로그래밍 언어로 구현하는 알고리즘 프로그래밍 방법을
쉽게 설명한 학습서입니다.

초/중/고 그리고 대학생까지 **C++** 프로그래밍 언어를 학습하고
좀더 앞으로 나아가고 싶은 초심자를 위해
소스코드를 직접 코딩하면서 문제해결에 사용되는
자료 구조와 알고리즘 프로그래밍 방법을
학습할 수 있도록 만들었습니다.

초/중/고/대학생을 위한 국내외
알고리즘 프로그래밍 대회가 많습니다.
(한국정보올림피아드/국제정보올림피아드/알고리즘 히어로즈/
대학 주최 프로그래밍 대회/기업 주최 프로그래밍 대회 등)
각종 대회를 준비하는 모든 분들께
'하루에 쪼갠다C++알고리즘'이 훌륭한 길잡이가 될 것입니다.

프로그래밍에 날개를 달아줄 **C++** 프로그래밍 언어로 배우는
알고리즘 프로그래밍 학습, 지금부터 시작해 보세요!

SPLIT IT IN 1 DAY

Contents

WARM UP

SPLIT
it in 1 day

Warm Up
알고리즘 프로그래밍의 기초지식

Warm Up에서는 알고리즘 프로그래밍에
필요한 기초 수학과
tree structure에 대한 기초지식을 소개합니다.

우리가 알고리즘 프로그래밍을
하기 전에 알아야 하는 것과
알아갈 것들을 먼저 만나보겠습니다.

Warm Up.
알고리즘 프로그래밍의 기초지식

Warm Up. 알고리즘 프로그래밍의 기초지식
a) mathematical induction

mathematical induction [매쓰매티컬 인덕션 : 수학적 귀납법]은
주어진 명제가 모든 자연수에 대해서 성립함을 증명하는 방법입니다.

자연수 **n**에 대해 어떤 명제 **P(n)**이 성립하려면 다음을 증명하면 됩니다.

1) **P(1)**이 성립합니다.
2) **P(n)**이 성립한다고 가정하면 **P(n+1)**도 성립합니다.

자연수 **n**에 대해 **1**부터 **n**까지의 합을
P(n) = n(n+1)/2
이라고 정의해보겠습니다.

P(1) = 1x(1+1)/2 = 1이 성립합니다.
p(n) = n(n+1)/2가 성립한다고 가정하면
p(n+1) = n(n+1)/2 + (n+1)
= (n(n+1) + 2(n+1))/2
= (n+1)(n+2)/2가 성립합니다.

따라서 명제 **P(n)**은 모든 자연수에 대해서 성립합니다.

Warm Up. 알고리즘 프로그래밍의 기초지식
b) recurrence relation

수학적 귀납법을 수열에 적용하여 이웃하는 수들의 관계를 **recurrence relation [리커런스 릴레이션 : 점화식]**으로 표현할 수 있습니다.

factorial [팩토리얼 : 계승]은
자연수 **1**부터 **n**까지 모두 곱한 것을 말합니다.
이것은 수학에서 **n! [n factorial]**로 표현합니다.
0! = 1! = 1로 정의합니다.
2! = 2 x 1
3! = 3 x 2 x 1
n! = n x (n-1) x (n-2) x ... x 2 x 1

수학적 귀납법을 적용해보겠습니다.

1! = 1 x 1 = 1 x 0!이 성립합니다.
(n-1)! = (n-1) x (n-2)!이 성립한다면
n! = n x (n-1) x ... x 2 x 1 = n x (n-1)!도 성립합니다.

factorial을 점화식으로 표현해보겠습니다.

f(n) = n x f(n-1)

Warm Up.
알고리즘 프로그래밍의 기초지식

Warm Up. 알고리즘 프로그래밍의 기초지식
c) Fibonacci sequence

갓 태어난 토끼 한 쌍이 생후 두 번째 달부터 매달 토끼 한 쌍을 낳는다면 **n** 번째 달에는 토끼는 몇 쌍이 살고 있을까요?

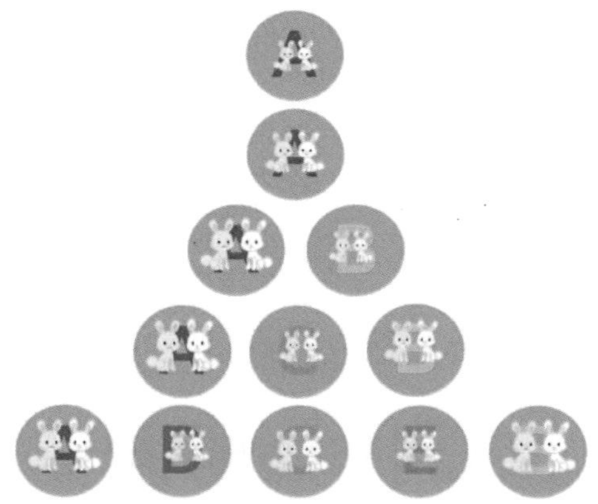

갓 태어난 토끼 1쌍을 **A**라고 하면
첫 번째달에는 **A** 1쌍이 살고 있고
두 번째달에는 **A** 1쌍이 그대로 살고 있고
세 번째달에는 **A**가 낳은 토끼 한 쌍을 **B**라고 하면 **AB** 2쌍
네 번째달에는 **A**가 낳은 토끼 한 쌍을 **C**라고 하면 **ACB** 3쌍
다섯 번째달에는 **A**가 낳은 토끼 한 쌍을 **D**라고 하고
B가 낳은 토끼 한 쌍을 E라고 하면 **ADCEB** 5쌍이 살게 됩니다.

1, 1, 2, 3, 5, 8, 13, 21, ...

f(1) = 1

f(2) = 1

f(3) = f(1) + f(2)

f(4) = f(2) + f(3)

...

이것이 **Fibonacci sequence [피보나치 시퀀스 : 피보나치 수열]**입니다.
인접한 3항의 수를 점화식으로 표현할 수 있는 대표적인 수열입니다.
Fibonacci [피보나치]는 이탈리아의 저명한 수학자입니다.

Fibonacci 수열을 점화식으로 표현하면 다음과 같습니다.

f(n) = 1 (n<=2)
f(n) = f(n-2) + f(n-1) (n>2)

Fibonacci 수열을 0부터 시작할 수도 있습니다.

0, 1, 1, 2, 3, 5, 8, 13, ...

이런 경우는 점화식을 조금 바꿔주면 됩니다.

f(n) = n (n<=1)
f(n) = f(n-2)+f(n-1) (n>1)

Warm Up.
알고리즘 프로그래밍의 기초지식

Warm Up. 알고리즘 프로그래밍의 기초지식
d) tree structure

tree structure [트리 스트럭처 : 트리 구조]는
계층구조를 나타내는 방법으로
graph [그래프]의 한 종류입니다.

root로 시작하고 **leaf**로 끝나는 **tree**를
거꾸로 한 모양으로 된 구조입니다.

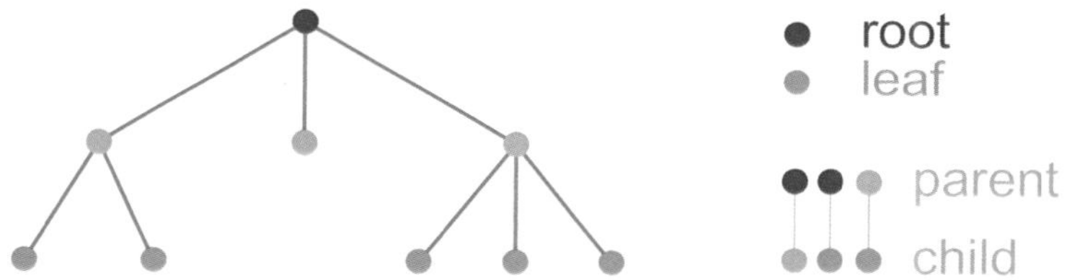

root node [루트 노드]는 '최상위 노드'이고
leaf node [리프 노드]는 '자식 노드를 가지지 않는 노드'이고
parent node [부모 노드]는 '자식 노드를 가지는 노드'이고
child node [자식 노드]는 '부모 노드에 연결된 노드'를 부르는 말입니다.

graph에서 순환하는 경로를 **cycle [사이클 : 회로]**이라고 부릅니다.
tree는 **cycle**이 없는 **graph**입니다.

아래 그림은 **tree**가 아닙니다. **tree**가 아닌 **graph**입니다.

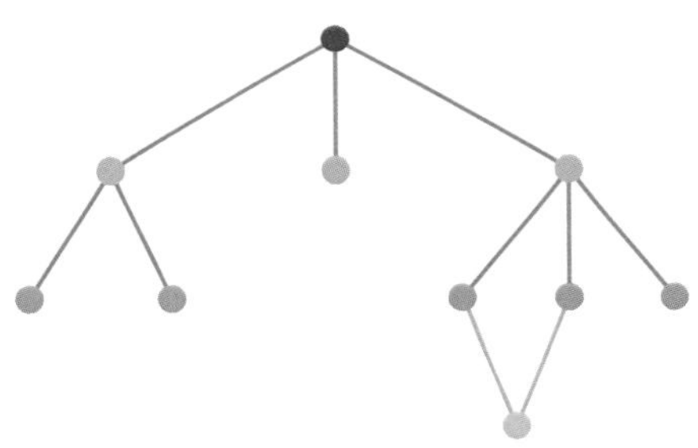

has a cycle with two parents

자식 노드는 두 개의 부모 노드를 가지지 않아야 합니다.
하나의 잎이 두 개의 가지에 붙어있지 않은 것과 같습니다.

아래 두 가지 트리의 모양을 비교해 볼까요?
노드의 수를 세어보세요!

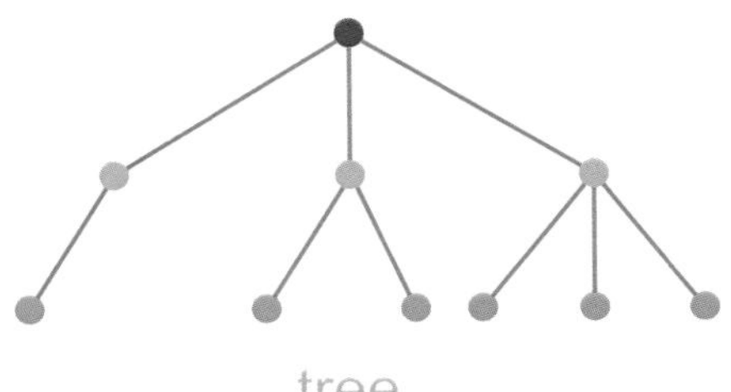

tree

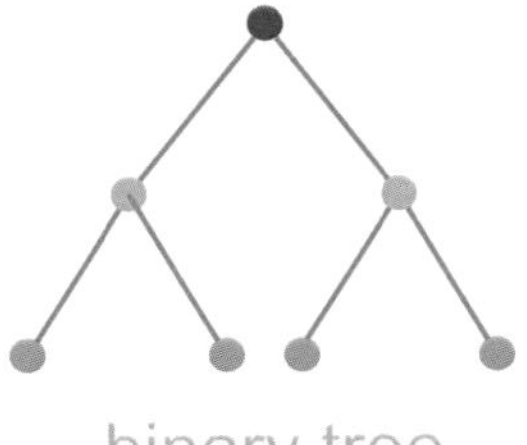

binary tree

Warm Up.
알고리즘 프로그래밍의 기초지식

Warm Up. 알고리즘 프로그래밍의 기초지식
e) binary tree

binary tree [바이너리 트리 : 이진 트리]는
자식 노드가 두 개 이하인 **tree**입니다.

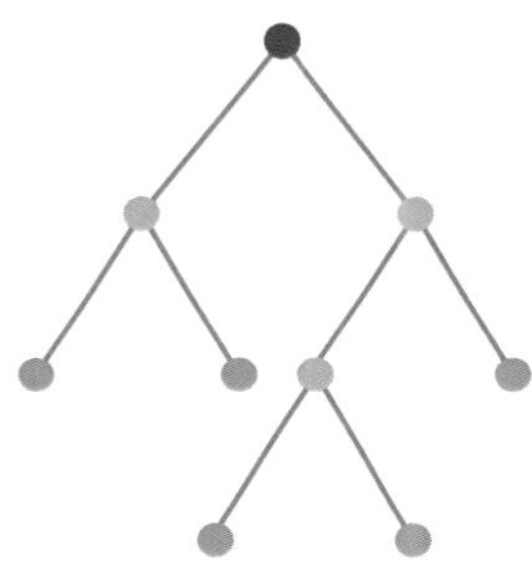

complete binary tree
[컴플리트 바이너리 트리 : 완전 이진 트리]는
왼쪽 노드부터 차례로 채우는 **tree**를 말합니다.
마지막 레벨까지 중간에 빈 노드가 없어야 합니다.

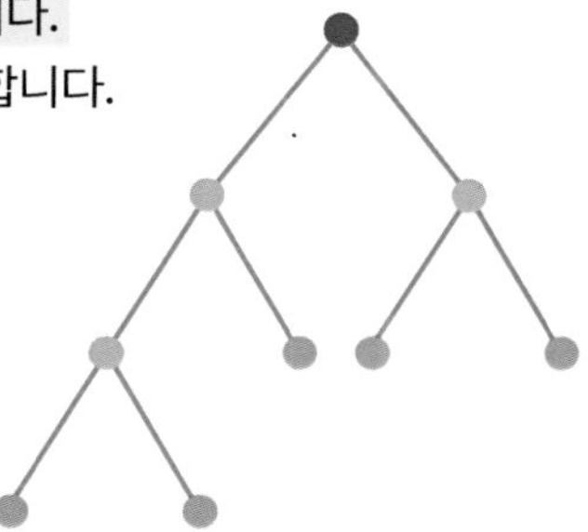

full binary tree
[풀 바이너리 트리 : 포화 이진 트리]는
모든 노드의 자식 노드가 0이거나 2이고
모든 **leaf node**가 같은 **level**인
꽉 찬 **tree**를 말합니다.

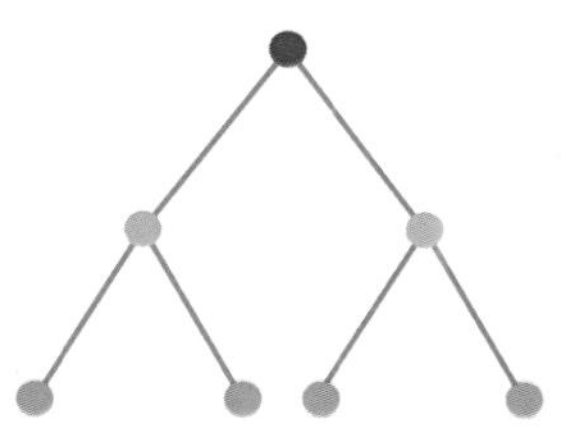

Warm Up. 알고리즘 프로그래밍의 기초지식
f) Fibonacci tree

Fibonacci 수열을 이루는 수를 **Fibonacci number [피보나치 수]**라 합니다.

다섯 번째 **Fibonacci** 수는 무엇인가요?
앞에서부터 세고 있나요?
컴퓨터는 어떻게 처리해야 할까요?

1, 1, 2, 3, 5
f(5) = 5입니다.

Fibonacci 수열을 구하는 과정을 **tree**로 표현해보겠습니다.

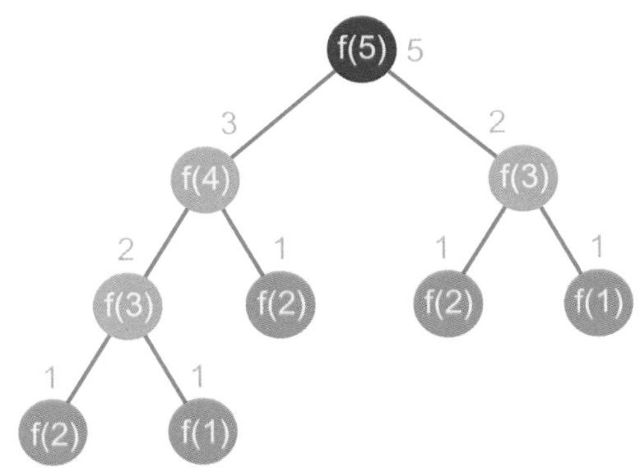

우리는 이 책에서 **recursion**이라는 재미있는 해법을 학습할 것입니다.

Warm Up.
알고리즘 프로그래밍의 기초지식

Warm Up. 알고리즘 프로그래밍의 기초지식
g) C++ function

C++ function [펑션 : 함수]은 특정한 일을 하도록 만든 코드의 묶음을 말합니다.

프로그램에서 함수는 기능별로 나누어서 만들어 놓고
필요할 때마다 호출해서 사용합니다.
두 정수를 더하는 덧셈 함수를 만들어보겠습니다.

```
int add(int x, int y)
{
    return x+y;
}
```

main() 함수에서 **add()** 함수를 호출해보겠습니다.

```
cout << add(2, 3) << '\n';
```

변수를 사용해서 함수를 호출해보겠습니다.

```
int x=10, y=20;
int ans = add(x, y);
cout << ans << '\n';
```

지금부터 여러가지 함수를 만들고,
빠르고 정확하게 문제를 해결하는
알고리즘 프로그래밍을 시작하겠습니다!

SPLIT
IT IN
1 DAY

1st Split

SPLIT it in 1 day

1st Split.
recursion의 핵심기초

recursion의 핵심기초는
recursion으로 풀어보는
알고리즘 프로그래밍 과정입니다.

큰 문제를 작은 문제로 쪼개고
다시 그 작은 문제를 더 작은 문제로 쪼개고
쪼갤 수 있으면 계속 쪼개다가
더이상 쪼갤 수 없는 조건이 되면
가장 작은 문제의 해를 구해주고
그것으로 직전의 작은 문제의 해를 구해주고
작은 문제의 해로 점점 더 큰 문제의 해를 구해줍니다.

recursion의 개념을 학습하고
recursion을 사용하는 방법을 배우고
recursion을 사용하여 문제 해결하는 방법을 배워봅시다.

1st Split.
recursion의 핵심기초

1st Split. recursion의 핵심기초
01. recursion

recursion [리커전 : 재귀]은 컴퓨터 과학에서 자신을 정의할 때 자기 자신을 참조하는 방법을 말합니다.
자신의 문제를 해결하기 위해 동일한 문제의 작은 문제를 해결하는 것으로 문제를 해결하는 방법입니다.

수학에서 재귀의 개념으로 시작한 **Fractal [프랙탈]**도 작은 조각의 모양이 전체의 모양과 유사한 형태를 갖게 되는 기하학적 형태로 널리 알려져 있습니다.

실제 세상에서는 끝없이 반복되는 구조이지만 컴퓨터 과학에서는 문제를 해결하려고 하는 것이기 때문에 유한해야 합니다.
유한하면서 또 빠르게 해를 구할 수 있어야 좋은 알고리즘이 됩니다.
그래서 우리는 종료 조건을 가지는 재귀함수를 만들어 사용합니다.

1st Split. recursion의 핵심기초
02. iteration vs recursion

지금 우리에게 1부터 **n**까지 정수의 합을 구하라는 문제가 주어졌습니다.
1부터 **n**까지 정수의 합을 구하고 출력하는 프로그램을 코딩해 봅시다.

```
int n, sum=0;
cin >> n;
for(int i=1; i<=n; i++)
    sum += i;
cout << sum << '\n';
```

n=10이면 **sum=55**입니다.
1+2+3+4+5+6+7+8+9+10 = 55

우리는 빠르게 **iteration [이터레이션 : 반복]**을 이용해서 코딩을 했습니다.

이번에는 거꾸로 생각해 볼까요?

10+9+8+7+6+5+4+3+2+1 = 55

이것을 **recursion [리커전 : 재귀]**으로 표현해보겠습니다.

10+(9+(8+(7+(6+(5+(4+(3+(2+(1))))))))) = 55

다시 1부터 더하는 것이 느껴지나요?

1st Split.
recursion의 핵심기초

1st Split. recursion의 핵심기초
03. recursion과 알고리즘

recursion 개념학습을 위해 쉬운 문제를 예를 들어 설명했기 때문에
지금은 **recursion**이 오히려 더 복잡하고 불편하게 느껴질 수 있습니다.

그러나 **recursion**은 여러가지 복잡한 조건을 체크해야 하는 경우에
iteration보다 직관적으로 문제를 해결할 수 있는
유용한 프로그래밍 방법입니다.

알고리즘을 학습하면서 만나게 되는
Depth First Search [DFS : 디 에프 에스 : 깊이 우선 탐색]이나
Divide and Conquer [디바이드 앤 컨커 : 분할 정복]과 같은
수많은 알고리즘에서 **recursion**의 개념을 사용합니다.

알고리즘 프로그래밍에는 모든 문제를 다 해결할 수 있는
전지전능한 방법을 찾는 것은 어렵습니다.
어떤 문제가 주어졌을 때 그 문제에 좋은 알고리즘을 찾는 것이
최선일 것입니다.

1st Split. recursion의 핵심기초
04. recursive function

recursive function [리커시브 펑션 : 재귀 함수]은
자기 자신을 호출하는 함수를 말합니다.
자기 자신을 호출하는 것을
recursive call [리커시브 콜 : 재귀 호출]이라고 합니다.
재귀 호출을 멈추기 위해서는 **termination condition**
[터미네이션 컨디션 : 종료 조건]을 넣어주면 됩니다.

큰 문제를 작은 문제로 쪼개고
다시 그 작은 문제를 더 작은 문제로 쪼개고
더이상 쪼갤 수 없는 종료 조건을 만들어 줍니다.

직접 코딩해보면서 **recursion**의 개념을 쉽게 알아봅시다.
factorial [팩토리얼]을 **recursive function**으로 만들어보겠습니다.

n factorial은 **n! = n * (n-1)!**입니다.
n!을 구하기 위해서 더 작은 **(n-1)!**을 구하고 **n**을 곱해주면 됩니다.

n!을 **f(n)** 함수로 정의해봅시다.

f(n) = 1 (n=1)
f(n) = n * f(n-1) (n>1)

1st Split.
recursion의 핵심기초

n이 1이면 1을 **return**하고 종료합니다.
그렇지 않으면 **f(n-1)**을 호출하고 결과를 받으면 **n**을 곱해줍니다.

```
int f(int n)
{
    if(n==1) return 1;
    return n * f(n-1);
}
```

여기서 함수 **f(n)**이 내부에서 **f(n-1)**을 호출한 것을 재귀라고 합니다.

이제 **main()** 함수에서 **5!** 값을 구해봅시다.
5!의 결과값 120을 출력하려면 **f(5)**를 호출하면 됩니다.

```
cout << f(5) << '\n';
```

1!에서 15!까지 출력해 봅시다.

```
for(int i=1; i<=15; i++)
    cout << i << ' ' << f(i) << '\n';
```

int로 표현할 수 있는 **factorial**은 **12!**입니다.

12! = 479001600 < 2147483647
13! = 1932053504> 2147483647 (overflow)

1st Split. recursion의 핵심기초

● 실전코드 연습 코너

```
#include <iostream>
using namespace std;

int f(int n)
{
    if(n==1) return 1;
    return n * f(n-1);
}

int main()
{
    cout << f(5) << '\n';

    for(int i=1; i<=15; i++)
        cout << i << ' ' << f(i) << '\n';

    return 0;
}
```

1st Split.
recursion의 핵심기초

1st Split. recursion의 핵심기초
05. call stack

프로그램을 실행하면 **memory [메모리 : 기억장치]**를 사용합니다.
프로그램에서 사용할 **memory**를 지정하고 어떤 방법으로
사용할 것인지 결정하는 것을 **memory allocation**
[메모리 얼로케이션 : 메모리 할당]이라고 합니다.

stack-based memory allocation [스택 기반 메모리 할당]과
heap-based memory allocation [힙 기반 메모리 할당]이 있습니다.

우리가 **recursive function**을 만들어 **recursive call**을 하면
call stack [콜 스택]에 **local data**와 **call information**을 저장합니다.
함수가 호출될 때마다 함수 내에서 사용해야 하는 **local data**가 있고
호출 받은 함수가 처리 후에 돌아갈 곳에 대한 정보도 가지고 있어야 합니다.

자료 구조에서 **stack**으로 **data**를 저장하듯이
메모리 사용에서도 **stack**으로 메모리를 사용합니다.
이것을 **call stack [콜 스택]**이라고 합니다.
호출할 때마다 **stack**에 쌓이고 종료조건을 만나면 호출이 끝나고
직전에 호출한 함수로 돌아옵니다.

마지막에 들어온 **data**가 먼저 처리가 완료되는
LIFO [Last In First Out : 후입 선출] 구조입니다.

f(5) 함수를 호출하는 과정을 살펴보겠습니다.

f(5) = 5 * f(4)
f(4) = 4 * f(3)
f(3) = 3 * f(2)
f(2) = 2 * f(1)
f(1) = 1

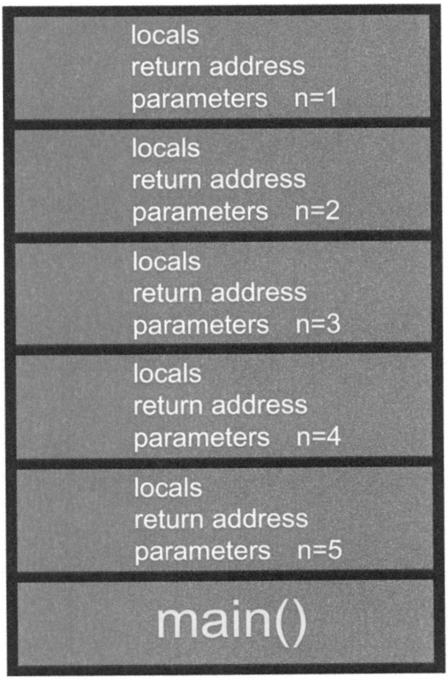

locals return address parameters n=1
locals return address parameters n=2
locals return address parameters n=3
locals return address parameters n=4
locals return address parameters n=5
main()

1st Split.
recursion의 핵심기초

모든 함수 호출 처리가 완료되면 **main()** 함수에서 처음 호출한 위치로 돌아갑니다.

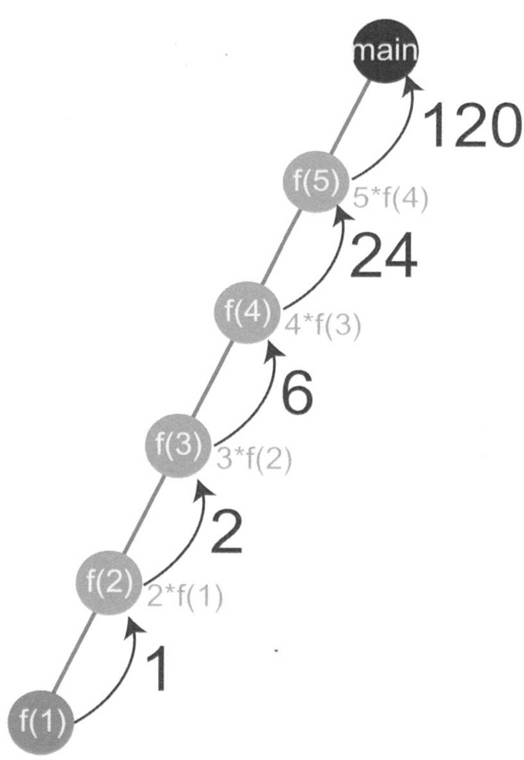

recursive call이 너무 많아지면 **stack overflow**가 발생할 수 있어서 주의해야 합니다.

1st Split. recursion의 핵심기초
06. Fibonacci function

Fibonacci number를 일반화한 함수를 정의해 봅시다.

f(n) = 1 **(n<=2)**
f(n) = f(n-1) + f(n-2) **(n>2)**

n번째 **Fibonacci number**를 구하는
recursive function을 만들어보겠습니다.

function name [펑션 네임 : 함수 이름]을 **fibo**로 정하고
parameter [퍼래미터 : 매개 변수]로 **int n**을 사용하고
n!의 결과값을 **return [리턴]**합니다.
return type은 **int [인트 : 정수]**로 하겠습니다.

```
int fibo(int n)
{

}
```

처음 2개의 수는 모두 1이므로
종료 조건은 **n<=2**이고 **return**하는 값은 1입니다.

```
if(n<=2) return 1;
```

1st Split.
recursion의 핵심기초

n>2이면 **fibo**를 재귀 호출합니다.

```
return fibo(n-1) + fibo(n-2);
```

이제 **main()** 함수에서 다섯 번째 피보나치 수를 구해봅시다.
다섯 번째 피보나치 수를 출력하려면 **fibo(5)**를 호출하면 됩니다.

```
cout << fibo(5) << '\n';
```

출력되는 결과 값은 5입니다.

처음부터 15번째 피보나치 수까지 출력해 봅시다.

```
for(int i=1; i<=15; i++)
    cout << i << ' ' << fibo(i) << '\n';
```

과정에 중복 계산이 많이 발생합니다.
중복 계산을 피하는 방법은
memoization [메모이제이션]이라고 합니다.
한번 계산한 값은 메모해두고 사용하는 것입니다.
이것은 **memoization** 과정으로 미루고
지금은 **recursion** 개념학습에 집중하겠습니다.

1st Split. recursion의 핵심기초

실전코드 연습 코너

```
#include <iostream>
using namespace std;

int fibo(int n)
{
  if(n<=2) return 1;
  return fibo(n-1) + fibo(n-2);
}

int main()
{
  cout << fibo(5) << '\n';

  for(int i=1; i<=15; i++)
      cout << i << ' ' << fibo(i) << '\n';

  return 0;
}
```

1st Split.
recursion의 핵심기초

1st Split. recursion의 핵심기초
07. call stack - fibo

fibo(5) 함수를 호출하는 과정을 살펴보겠습니다.
main() 함수에서 **fibo(5)**가 처음 호출되고
fibo(5)에서 **5>2**이므로 **fibo(4)+fibo(3)**을 호출해야 합니다.

```
return fibo(4) + fibo(3);
```

먼저 **fibo(4)**를 호출합니다. 아직 오른쪽의 **fibo(3)**은 호출하지 않습니다.
fibo(4)에서 **4>2**이므로 **fibo(3)+fibo(2)**를 호출해야 합니다.

```
return fibo(3) + fibo(2);
```

여기서 **fibo(3)**을 호출합니다.
아직 오른쪽의 **fibo(2)**는
호출하지 않습니다.
계속해서 아래 그림의
번호 순서대로 호출됩니다.

fibo(5) ① = ② fibo(4) + ⑦ fibo(3)
fibo(4) ② = ③ fibo(3) + ⑥ fibo(2)
fibo(3) ③ = ④ fibo(2) + ⑤ fibo(1)
fibo(2) ④ = 1
fibo(1) ⑤ = 1
fibo(2) ⑥ = 1
fibo(3) ⑦ = ⑧ fibo(2) + ⑨ fibo(1)
fibo(2) ⑧ = 1
fibo(1) ⑨ = 1

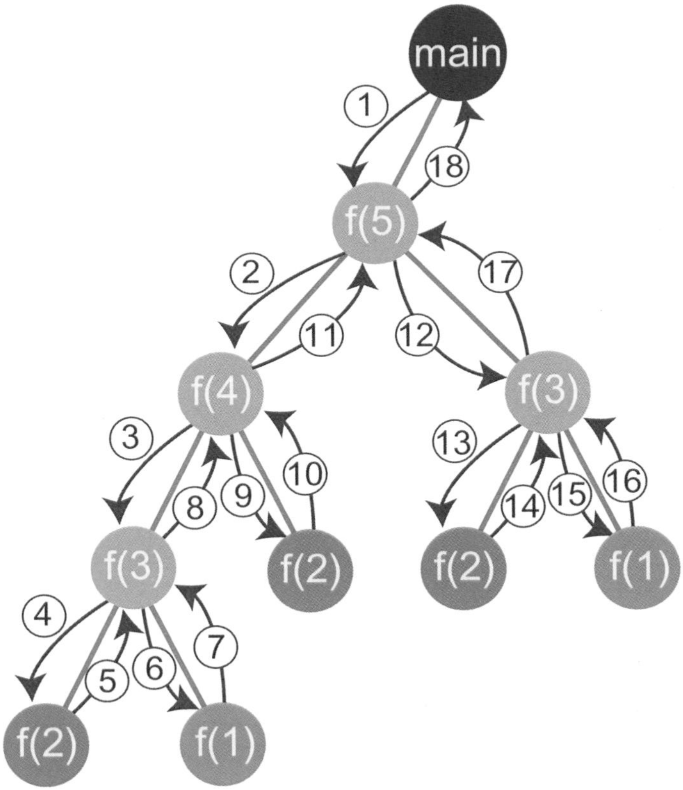

이렇게 왼쪽 자식 노드를 먼저 호출하면서 아래로 내려가는 것을 **DFS**라고 합니다. 전체를 한번씩 모두 탐색하며 해를 구하는 방법입니다. **recursive call**이 너무 많아지면 **stack overflow**가 발생할 수 있어서 주의해야 합니다.

1st Split.
recursion의 핵심기초

1st Split. recursion의 핵심기초
08. Coding Drill – finite sum

1부터 **n**까지 유한 개의 정수를 더하는 **finite sum**
[파이나이트 썸 : 유한 합]을 구하는 프로그램을 코딩해 봅시다.

우리는 **recursion**을 학습하고 있으니
recursive function으로 구현합니다.

10+(9+(8+(7+(6+(5+(4+(3+(2+(1)))))))))

종료 조건은 **n**이 1이되면 1을 **return**합니다.
그렇지 않으면 함수내에서 **n-1**을 **argument [아규먼트 : 인수]**로
recursive call하면 됩니다.

10까지 **finite sum**을 구하기 위해서는
10 + 9까지 **finite sum**을 구하면 됩니다.
9까지 **finite sum**을 구하기 위해서는
9 + 8까지 **finite sum**을 구하면 됩니다.

이렇게 하나씩 숫자를 줄여가면서 재귀함수를 호출합니다.
factorial이 곱하기(*****) 문제라면
finite sum은 더하기(**+**) 문제입니다.

1st Split. recursion의 핵심기초
● 실전코드 연습 코너

```
#include <iostream>
using namespace std;

int f(int n)
{
    if(n==1) return 1;
    return n + f(n-1);
}

int main()
{
    int n;
    cin >> n;
    cout << f(n) << '\n';

    return 0;
}
```

1st Split.
recursion의 핵심기초

1st Split. recursion의 핵심기초
09. recursion for output – descending

n에 정수를 입력 받아 **n**부터 1까지 정수를 내림차순으로
출력하는 프로그램을 코딩해 봅시다.
n 이 5이면
5
4
3
2
1
을 출력하면 됩니다.

우리는 **recursion**을 학습하고 있으니
recursive function으로 구현합니다.
출력 **data**가 어떤 결과값 하나가 아니고
줄어드는 숫자를 모두 출력해야 합니다.
그래서 함수는 **return value**를 가지지 않는
void 함수로 만들면 됩니다.

```
void f(int n)
{

}
```

그리고 거꾸로 내려오는 숫자는 재귀함수 안에서 출력하면 됩니다.

```
cout << n << '\n';
```

종료 조건은 **n**이 1이되면 **return**합니다.

```
if(n==1) return;
```

그렇지 않으면 함수내에서 **n-1**을 **argument**로
recursive call하면 됩니다.

```
f(n-1);
return;
```

f(n-1); 뒤에 다른 소스코드가 없으면 **return;**을 쓰지 않아도
함수가 **return**됩니다. 때문에 생략해도 됩니다.

여기서 **f()**함수는 출력만 하고
return value가 없는 **void**형 함수이므로

```
return f(n-1);
```

처럼 **return**을 앞에 쓰지 않습니다.
f(n-1)의 결과값을 **return**하는 것인데 **f(n-1)**은
return하는 값이 없으므로 **compile error [컴파일 에러]**가 납니다.

1st Split.
recursion의 핵심기초

main() 함수에서 **n**을 입력 받아 **f(n)**을 처음 호출합니다.

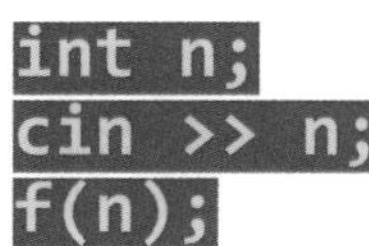

```
int n;
cin >> n;
f(n);
```

f(5)가 **f(4)**를 재귀 호출하는 과정만 화살표를 따라가 보세요.

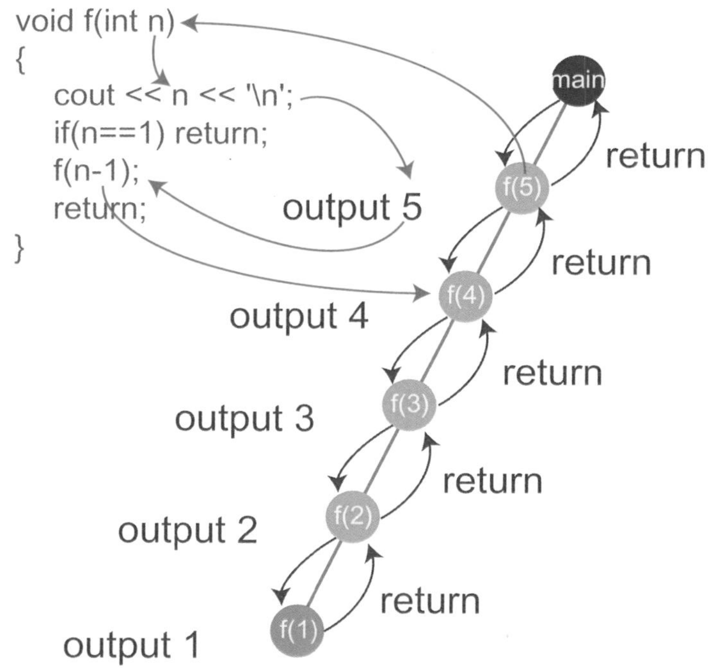

1st Split. recursion의 핵심기초
● 실전코드 연습 코너

```
#include <iostream>
using namespace std;

void f(int n)
{
    cout << n << '\n';
    if(n==1) return;
    f(n-1);
    return;
}

int main()
{
    int n;
    cin >> n;
    f(n);

    return 0;
}
```

1st Split.
recursion의 핵심기초

1st Split. recursion의 핵심기초
10. recursion for output – ascending

n에 정수를 입력 받아 1부터 **n**까지 정수를
오름차순으로 출력하는 프로그램을 코딩해 봅시다.

n이 5이면
1
2
3
4
5
를 출력하면 됩니다.

recursive function으로 구현합니다.
함수는 **return value**를 가지지 않는 **void** 함수로 만들면 됩니다.

```
void f(int n)
{

}
```

오름차순으로 숫자는 재귀함수 안에서 출력하면 됩니다.

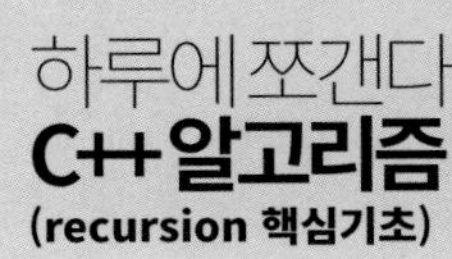

재귀 함수의 값이 **n**부터 1로 줄어드는데
오름차순으로 출력하려면 방법은
재귀 함수를 마지막까지 호출하고
return해서 돌아오는 길에 출력하면 됩니다.

return하고 돌아왔을 때 **n**의 값이 1이어야 하므로
종료 조건은 **n**이 0이되면 **return**합니다.

```
if(n==0) return;
```

그렇지 않으면 함수내에서 **n-1**을 **argument**로
recursive call하면 됩니다.

```
f(n-1);
```

함수 호출이 끝나면 출력합니다.

```
cout << n << '\n';
```

그리고 마지막에 **return**합니다.

```
return;
```

1st Split.
recursion의 핵심기초

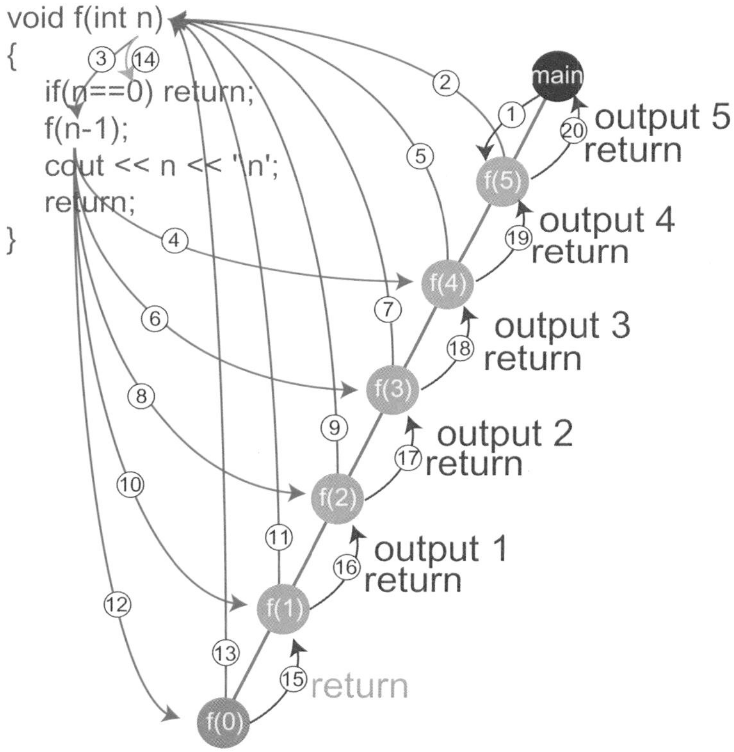

```
void f(int n)
{
    if(n==0) return;
    f(n-1);
    cout << n << '\n';
    return;
}
```

main

f(5) output 5 return

f(4) output 4 return

f(3) output 3 return

f(2) output 2 return

f(1) output 1 return

f(0) return

실행순서에 3번은 중복됩니다.

1-2-3-4-5-3-6-7-3-8-9-3-10-11-3-12-13-14-15-16-17-18-19-20

14번에서 **n**이 0이면 **return**되고 15번에서 **f(1)**으로 돌아갑니다.

f(1) 안에서 **f(1-0)**이 끝나고 **cout**을 실행합니다. 이때 **n**은 1입니다.

1을 출력하고 **return**하면 **f(2)**로 **return**됩니다.

1st Split. recursion의 핵심기초
● 실전코드 연습 코너

```
#include <iostream>
using namespace std;

void f(int n)
{
    if(n==0) return;
    f(n-1);
    cout << n << '\n';
    return;
}

int main()
{
    int n;
    cin >> n;
    f(n);

    return 0;
}
```

SPLIT IT IN 1 DAY

We learn something new every day.

Photo by **???** on Unsplash

2nd Split

SPLIT it in 1 day

2nd Split. recursion의 활용

일상 생활에서 한번쯤은 들어봤을 법한
수학이나 상식같은 여러가지 문제에
recursion을 활용한 재미있는 풀이법을
학습해보려고 합니다.

유클리드 호제법,
10진수를 2진수로 변환하는 방법,
거꾸로 읽어도 원문과 같은 팰린드롬,
64개 황금원판을 모두 옮기면 세상이 멸망한다는 하노이탑,
그리고 계단 오르는 방법의 수를 세는 문제까지
recursion으로 풀어보는 알고리즘 프로그래밍 과정입니다.

직관적이고 간결하고 감탄이 절로 나오는 코드로
recursive function을 만드는 방법을 학습하면서
잠자고 있는 두뇌를 깨워봅시다.

2nd Split.
recursion의 활용

2nd Split. recursion의 활용
11. euclid's algorithm

euclid's algorithm [유클리드 알고리즘 : 유클리드 호제법]은
두 자연수의 최대공약수를 구하는 알고리즘입니다.

최대공약수는 **GCD (Greatest Common Divisor)**라고 합니다.
서로 나누어 가며 수를 줄여 나가기 때문에 호제법이라고도 합니다.

먼저 소수로 나누어서 12와 16의 최대공약수를 구해볼까요?

```
2 | 12   16
  ---------
2 |  6    8
  ---------
     3    4
```

최대공약수는 4입니다.

이제 **euclid's algorithm**을 알아보겠습니다.
A=16과 **B=12** 그리고 **A**와 **B**의 최대공약수 **g=4**라고 해봅시다.
16 = 4*4이므로 인수 **a=4**로 할 수 있고 **A=ga**로 표현합니다.
12 = 4*3이므로 인수 **b=3**으로 할 수 있고 **B=gb**로 표현합니다.

큰 수에서 작은 수를 빼면
A-B = ga-gb
최대공약수 **g**로 묶어 식을 정리하면
A-B = g(a-b) = 4(4-3) = 4*1
이 됩니다.

여기서 **A, B, A-B**의 최대공약수를 살펴보면
GCD(A, B) = GCD(B, A-B) = 4가 됨을 알 수 있습니다.

큰 수 16과 12의 최대공약수가 4이면
12와 4의 최대공약수도 4가 되는 것입니다.

12-4=8
8-4=4
4-4=0

큰 수에서 작은 수를 빼는 과정에서
4를 나머지가 0이 될 때까지
세번 빼는 일을 반복합니다.
빼기는 나누기로 실행 횟수를 줄여주면 됩니다.

나머지를 구하면 한번에 처리할 수 있습니다.
우리는 **12%4**를 사용하면 됩니다.

2nd Split.
recursion의 활용

16과12의 최대공약수를 구하는 과정을 살펴봅시다.

(a, b) = (16, 12) = (12, 4) = (4, 0) = 4

두 변수 **a**, **b**를 만들고 큰 수를 **a**, 작은 수를 **b**에 넣고 시작합니다.
a는 16이고 **b**는 12입니다. **a%b**는 4가 됩니다.
이제 12와 4의 최대공약수를 구하는 작은 문제로 바꿔줍니다.
a는 12이고 **b**는 4로 바뀝니다. **a%b**는 0이 됩니다.
이제 4와 0의 최대공약수를 구하는 문제로 바꿔줍니다.
그런데 나누는 값 **b**가 0이 되면 종료합니다.

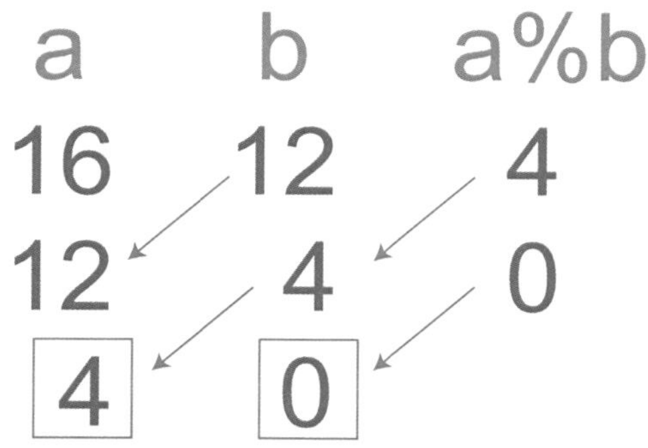

b가 0이 될 때 **a**에 있는 값이 최대공약수 4입니다.
euclid's algorithm은 아주 큰 수나 큰 소수 (**prime number**)를 포함한 두 수의 최대공약수를 구할 때 사용합니다.

15007과 3751의 최대공약수는 얼마일까요?
일반적인 방법으로 풀려면 아주 많은 나눗셈을 해야 할 것입니다.

유클리드 호제법으로 해결해 봅시다.

a	b	a%b
15007	3751	3
3751	3	1
3	1	0
1	0	

b가 0일때 **a**에 있는 값 1이 최대공약수가 됩니다.

두 수가 서로 소이거나
두 수중에 적어도 하나가 소수일 수 있습니다.

15007은 소수가 아닙니다. 약수로 43, 349가 존재합니다.
3751도 소수가 아닙니다. 약수로 11, 31이 존재합니다.
두 수가 서로 소인 것입니다.

유클리드 호제법으로 쉽고 빠르게 4번만에 해결했습니다.

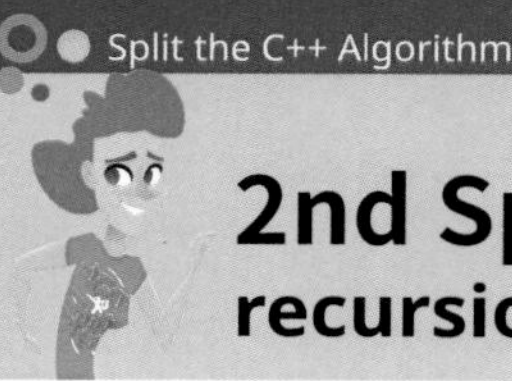

2nd Split.
recursion의 활용

우리는 **euclid's algorithm**을 그대로 함수로 만들 수 있습니다.

function name [펑션 네임 : 함수 이름]을 **gcd**로 정하고
parameter [퍼래미터 : 매개 변수]로 **int a, int b**를 사용하고
최대공약수를 **return [리턴]**합니다.
return type은 **int [인트 : 정수]**로 합니다.

```
int gcd(int a, int b)
{

}
```

recursive function의 종료 조건은 **b**가 0이 될 때입니다.
그때 **a**에 있는 최대공약수를 **return**합니다.

```
if(b==0) return a;
```

b가 0이 아니면 **a**에는 **b**를 넣고,
b에는 **a%b**를 넣고 재귀 호출해줍니다.

```
return gcd(b, a%b);
```

2nd Split. recursion의 활용

● 실전코드 연습 코너

```
#include <iostream>
using namespace std;

int gcd(int a, int b)
{
    if(b==0) return a;
    return gcd(b, a%b);
}

int main()
{
    int a, b;
    cin >> a >> b;
    cout << gcd(a, b);
    return 0;
}
```

2nd Split.
recursion의 활용

2nd Split. recursion의 활용
12. decimal to binary converter

decimal to binary converter [데시멀 투 바이너리 컨버터 : 10진수를 2진수로 바꿔주는 진법변환기]를 만들어 봅시다.

키보드로 **'A'**를 입력하면 **ASCII CODE 65**가 입력됩니다.
컴퓨터는 10진수 65를 2진수 1000001로 바꿉니다.
10진수를 2진수로 바꾸려면2로 나누어 나머지를 구하고
마지막에 구한 나머지부터 거꾸로 출력해 주면 됩니다.

```
2 | 65
2 | 32   … 1
2 | 16   … 0
2 |  8   … 0
2 |  4   … 0
2 |  2   … 0
2 |  1   … 0
     0   … 1
```

1000001

10진수를 2진수로 변환하는 **recursive function**을 만들어 봅시다.

우리는 2진수를 함수안에서 직접 출력할 것입니다.
따라서 **return value**가 없으므로 **void** 형으로 선언하면 됩니다.

function name을 **solve**로 정하고
parameter로 **int n**을 사용하고
return합니다.

```
void solve(int n)
{
    return;
}
```

문제를 작은 문제로 나누다가 0이되면 멈춥니다.
n이 0이면 **return**합니다.

```
if(n==0) return;
```

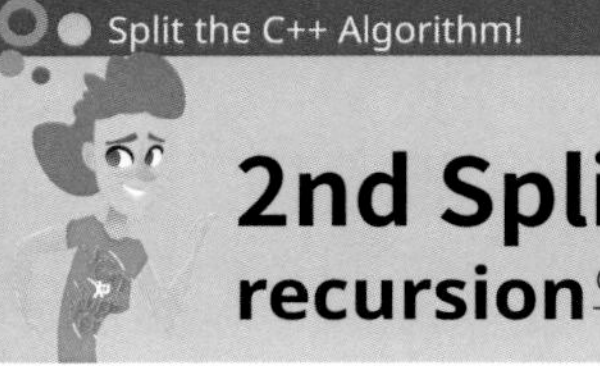

2nd Split.
recursion의 활용

그렇지 않으면 2로 계속 나누어 줍니다.

```
solve(n/2);
```

돌아오면서 출력해야 하므로 **solve(n/2)** 호출 후에 **cout** 출력을 합니다. 이제 직전에 호출된 곳으로 **return**해서 2로 나눈 나머지를 출력합니다.

```
cout << n%2;
```

2nd Split. recursion의 활용

● 실전코드 연습 코너

```
#include <iostream>
using namespace std;

void solve(int n) {
    if(n==0) return;
    solve(n/2);
    cout << n%2;
    return;
}

int main() {
    int n;
    cin >> n;
    solve(n);

    return 0;
}
```

2nd Split.
recursion의 활용

2nd Split. recursion의 활용
13. palindrome

palindrome [팰린드롬 : 회문]은 앞에서부터 읽어도
뒤에서부터 읽어도 같은 문자열을 말합니다.
(예 : **AOA, LOL, 101, eye, noon, pop, mom, madam, level, rotator** 등)

어떤 문자열이 팰린드롬이면 1을,
아니면 0을 출력하는 프로그램을 만들어 봅시다.
문자열을 사용을 위해 **C++STL <string>**을 **include**합니다.

```
#include <string>
```

예를 들면 **madam**은
배열의 0번방부터
4번방까지 **size()**가 5입니다.

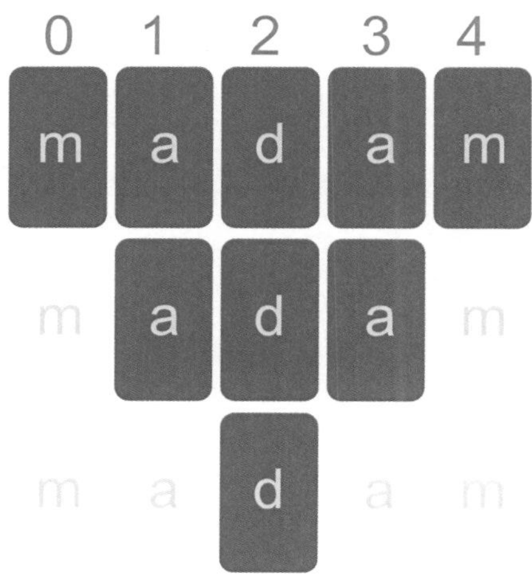

s와 **e**를 방번호로 지정합니다.
s는 0으로 **e**는4로 시작하면 됩니다.

맨 앞의 **m**과 맨 뒤의 **m**이 같으면 **ada**로 재귀 호출합니다.
맨 앞의 **a**와 맨 뒤의 **a**가 같으면 **d**로 재귀 호출합니다.

한 문자는 팰린드롬입니다.

홀수 개 문자열은 **s==e**가 되면 종료합니다.
짝수 개 문자열은 **s>e**가 되면 종료합니다.
종료 조건은 **s>=e**가 될 때입니다.

function name을 **solve**로 정하고
parameter는 **string a, int s, int e**를 사용하고
return type은 **bool** [불]로 합니다.

```
bool solve(string a, int s, int e) {

}
```

s>=e면 **true**를 **return**합니다.

```
if(s>=e) return true;
```

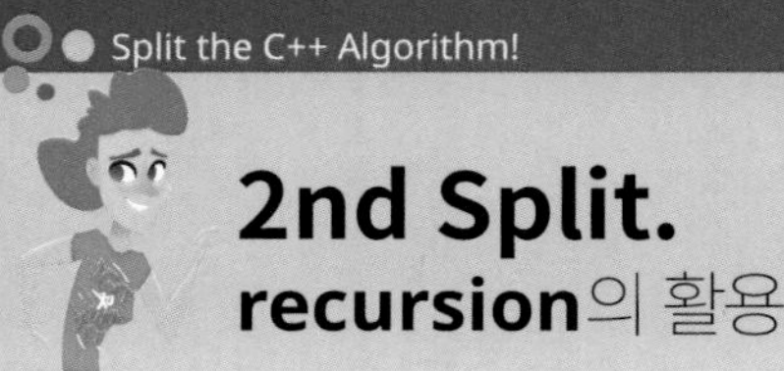

2nd Split.
recursion의 활용

현재 **a[s]**와 **a[e]**가 같으면 다시 작은 문제로 재귀 호출합니다.

```
if(a[s]==a[e])
    return solve(a, s+1, e-1);
```

a[s]와 **a[e]**가 같지 않으면 팰린드롬이 아닙니다.

```
return false;
```

main() 함수에서 **string** 변수 **a**에 문자열을 입력 받습니다.

```
string a;
cin >> a;
```

문자열의 길이는 **a.size()**로 구하고
시작 문자의 방번호는 0이고
마지막 문자의 방번호는 **a.size()-1**로 합니다.
결과값은 **return** 받은 1 또는 0을 출력합니다.

```
cout << solve(a, 0, a.size()-1);
```

2nd Split. recursion의 활용

● 실전코드 연습 코너

```
#include <iostream>
#include <string>
using namespace std;

bool solve(string a, int s, int e) {
    if(s>=e) return true;
    if(a[s]==a[e])
        return solve(a, s+1, e-1);
    return false;
}

int main() {
    string a;
    cin >> a;
    cout << solve(a, 0, a.size()-1);

    return 0;
}
```

2nd Split.
recursion의 활용

2nd Split. recursion의 활용
14. tower of hanoi

tower of hanoi [타워 오브 하노이 : 하노이탑]는
recursive function을 만들 수 있는 아주 좋은 예입니다.

세개의 원기둥이 있고 한 원기둥에는 **n**개의 원판이 놓여 있습니다.
모든 원판은 큰 원판이 아래에 작은 원판이 위에 놓여있습니다.

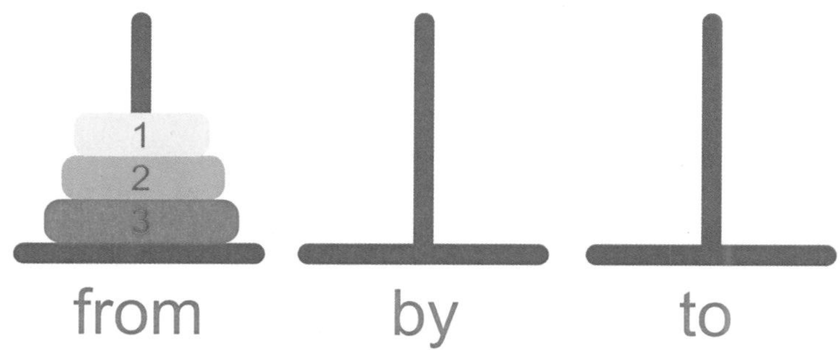

우리의 문제는 한 원기둥에 있는 모든 원판을
다른 한 원기둥으로 같은 순서로 옮겨 놓기 위해
원판들이 이동하는 과정을 출력하는 것입니다.

한 번에 하나만 옮길 수 있습니다.
작은 원판은 반드시 큰 원판 위에 놓여야 합니다.

recursion은 직관적입니다.
하노이탑 문제를 직관적으로 해결해 봅시다.

우리는 **from, by, to** 세개의 원기둥을 가지고 있고
from에 세개의 원판이 잘 놓여 있습니다.

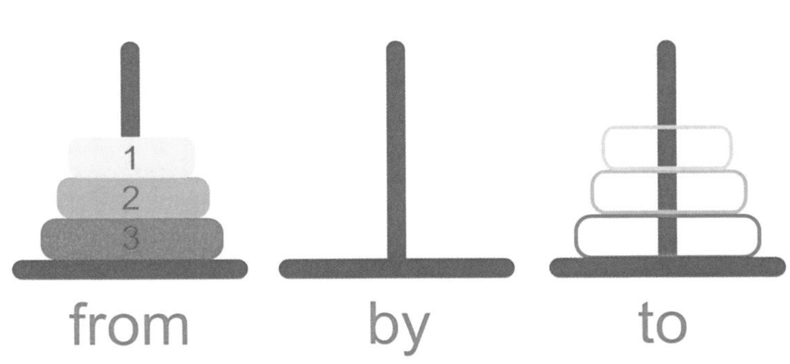

이제 **from**에 있는 세개의 원판을 그대로 **to**로 옮겨봅시다.
한 번에 하나만 옮길 수 있습니다.
1번이 **from**에서 **to**로 갑니다.
2번이 **from**에서 **by**로 갑니다.
1번이 **to**에서 **by**로 갑니다.
3번이 **from**에서 **to**로 갑니다.
지금 1, 2는 **by**에 있고 3은 **to**로 이동했습니다.

2nd Split.
recursion의 활용

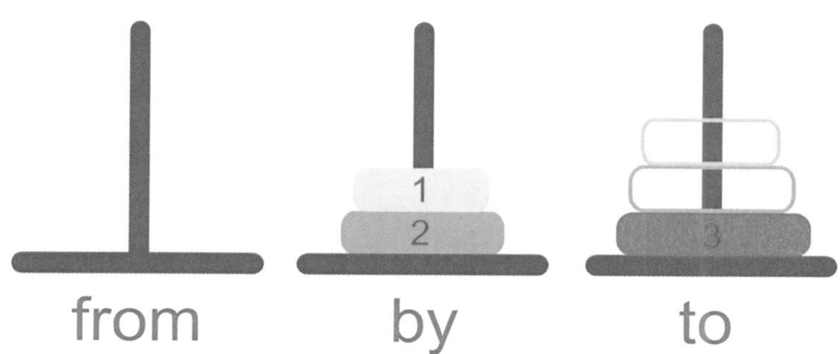

이제 **by**에 있는 1, 2를 **to**로 옮기면 됩니다.
1번이 **by**에서 **from**으로 갑니다.

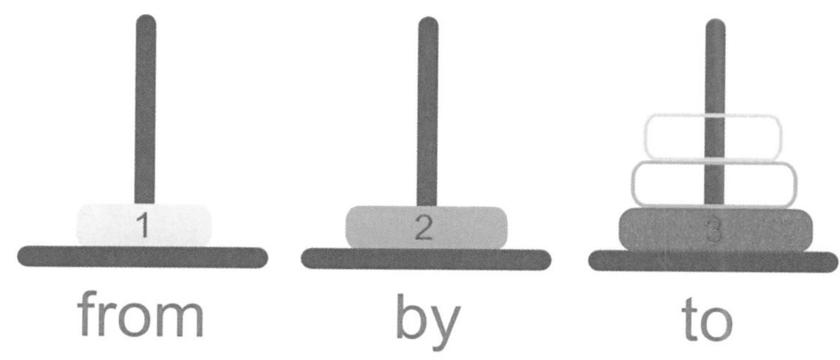

2번이 **by**에서 **to**로 갑니다.
1번이 **from**에서 **to**로 갑니다.

모든 원판이 **from**에서 **to**로 옮겨졌습니다.

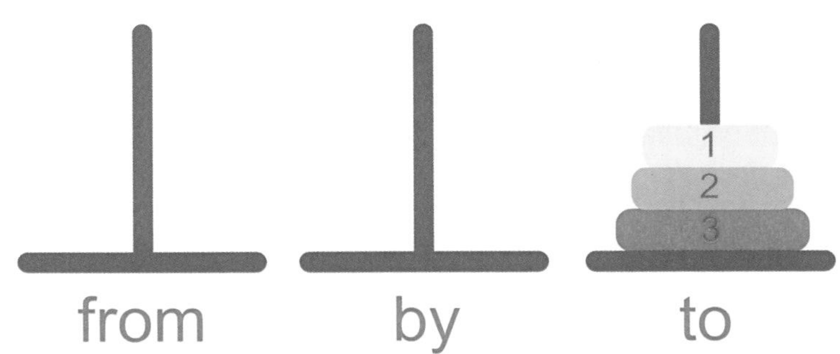

3번이 **from** 맨 아래에서 **to**로 이동해서 맨 아래에 놓여야 하므로
중간과정에서 나머지 1, 2는 모두 **by**에 있어야 합니다.

n개의 원판을 옮기려면
n-1개의 원판을 모두 **by**에 옮기고
가장 큰 1개를 **to**에 옮기고
다시 **n-1**개를 **by**에서 **from**을 사용해서 **to**로 옮기면 됩니다.

큰 문제는 **n**개를 **to**로 옮기는 것이고
n개를 옮기기 위해서는 **n-1**개를 **by**에 옮겨야 하고
n-1개를 옮기기 위해서는 **n-2**개를 **from**으로 옮겨야 합니다.

2nd Split.
recursion의 활용

이동 과정을 출력해야 하므로 **print()** 함수를 만듭니다.

```
void print(int from, int to)
{
	cout << from << "->" << to << '\n';
}
```

from에서 **to**로 이동하는 것이 목표이므로
from에서 **to**로 옮겨질 때 출력하면 됩니다.

이제 **recursive function**을 만들어 보겠습니다.

function name을 **solve**로 정하고
parameter는 **int n, int from, int by, int to**를 사용하고
과정을 출력하는 문제이므로
return type은 **void**로 합니다.

```
void solve(int n, int from, int by, int to)
{

}
```

종료조건은 원판이 1개 남았을 때
그 순간의 **from**에서 **to**로 옮겨주고 **return**합니다.

```
if(n==1) {
    print(from, to);
    return;
}
```

중간 과정에서 **n-1**개를 **from**에서 **to**를 거쳐 **by**로 옮깁니다.

```
solve(n-1, from, to, by);
```

남은 1개를 **from**에서 **to**로 이동하므로 바로 출력합니다.

```
print(from, to);
```

이제 **by**에 있던 **n-1**개를 **from**을 거쳐 **to**로 옮깁니다.

```
solve(n-1, by, from, to);
```

2nd Split.
recursion의 활용

main() 함수에서 처음 호출하는 **solve** 함수는
n개의 원판을
from을 원기둥1번,
by를 원기둥2번,
to를 원기둥3번으로 정하고
이동 과정을 출력하면 됩니다.

```
solve(n, 1, 2, 3);
```

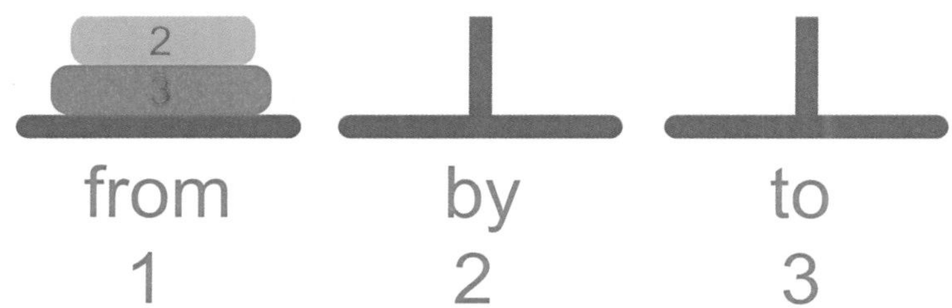

3개의 원판을 옮기는 횟수는 2^3-1 = 7
64개의 황금원판을 옮기는 횟수는
2^{64}-1 = 1,844,674,407,370,9551,615
큰 황금원판을 1분에 하나씩 옮긴다고 가정해도
1년은 365일 x 24시간 x 60분 = 525,600분이므로
35,096,545,041,304년 (약 35조년) 걸립니다.

2nd Split. recursion의 활용
● 실전코드 연습 코너

```
#include <iostream>
using namespace std;

void print(int from, int to)
{
    cout << from << "->" << to << '\n';
}
void solve(int n, int from, int by, int to)
{
    if(n==1) {
        print(from, to);
        return;
    }
    solve(n-1, from, to, by);
    print(from, to);
    solve(n-1, by, from, to);
}
int main()
{
    int n;
    cin >> n;
    solve(n, 1, 2, 3);

    return 0;
}
```

2nd Split.
recursion의 활용

2nd Split. recursion의 활용
15. Coding Drill - 계단 1,2

계단 한 칸의 높이가 높아서 한 걸음에 1칸 또는 2칸만 오를 수 있다면
n개의 계단을 올라가는 방법은 몇 가지가 있을까요?

n개의 계단을 올라갈 수 있는 경우의 수를 구하는
프로그램을 작성해 봅시다.

n이 1이라면 계단 한 칸을 올라가는 방법은 1가지뿐입니다.
1 = 1
n이 2라면 올라가는 방법은 2가지입니다.
2 = 1+1
2 = 2

이제 **recursion**을 이용해서 직관적으로 생각해 봅시다.

n번째 계단을 올라가는 방법은
n-1번째 계단에서 한 칸 올라오는 방법과
n-2번째 계단에서 두 칸을 한 번에 올라오는 것입니다.

n = (n-1) + 1
n = (n-2) + 2

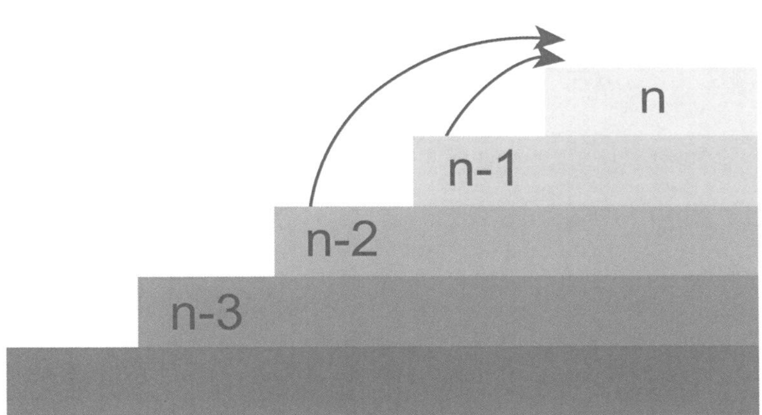

우리가 **n-1**번째 계단에 올라오는 경우의 수 **f(n-1)**을 알고,
n-2번째 계단에 올라오는 경우의 수 **f(n-2)**를 안다면
이 두 가지 경우를 더해서 **n**번째 계단에 올라오는
경우의 수 **f(n)**을 구할 수 있습니다.

이 모든 경우의 수는 중복이 없어야 합니다.
f(n-2)에서 한 칸 오르면
f(n-1)에 도착하는 경우의 수에 들어가기 때문에
f(n-2)에서는 두 칸 오르는 방법의 수만 계산합니다.

2nd Split.
recursion의 활용

다시 말하면, **f(n-1)**에는 **n-2** 칸을 밟고 **n-1**칸으로
오는 방법이 들어가 있습니다.
그러니 **n-2**칸에서 **n-1**칸을 밟고 **n**칸으로
오는 경우는 세지 않아도 되는 것입니다.

일반화해서 함수로 정의해 봅시다.

f(1) = 1
f(2) = 2
f(n) = f(n-1) + f(n-2)   (n>2)

이렇게 정리하고 나니 어디서 본 것 같지 않으세요?
바로 피보나치 수열이 생각나지요?
그런데 피보나치 수열은 1, 1, 2, 3, 5... 인데
맨 앞에 1이 하나 없네요?

그럼 우리가 계단이 0개일 때는 **f(0)**을 어떻게 정의해야 할까요?
계단이 0개일 때는 안 올라가는 방법 1가지로 정의해주면 됩니다.
factorial에서 **0!**을 1이라고 정의한 것과 같은 방법입니다.

이제 함수를 다시 정의해 봅시다.

f(0) = f(1) = 1
f(n) = f(n-1) + f(n-2)   (n>1)

2nd Split. recursion의 활용
● 실전코드 연습 코너

```
#include <iostream>
using namespace std;

int f(int n)
{
    if(n<=1) return 1;
    return f(n-1)+f(n-2);
}

int main()
{
    int n;
    cin >> n;
    cout << f(n);
    return 0;
}
```

2nd Split.
recursion의 활용

2nd Split. recursion의 활용
16. Coding Drill - 계단 1,2,3

방학을 지나고 나니 키가 훌쩍 커서
이제는 계단을 한 걸음에 1칸, 2칸, 3칸까지 오를 수 있게 되었습니다.
n개의 계단을 올라가는 방법은 몇 가지가 있을까요?
n개의 계단을 올라갈 수 있는 경우의 수를 구하는
프로그램을 작성해 봅시다.

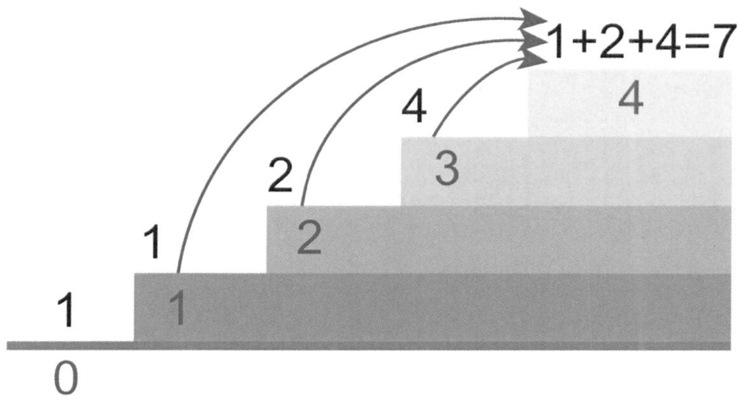

0 = 1　1 = 1　2 = 1+1　3 = 1+1+1
2 = 2　3 = 2+1
3 = 1+2
3 = 0+3

n이 1이라면 계단 한 칸을 올라가는 방법은 1가지뿐입니다.

1 = 1

n이 2라면 올라가는 방법은 2가지입니다.

2 = 1+1

2 = 2

n이 3이라면 올라가는 방법은 4가지입니다.

3 = 1+1+1

3 = 2+1

3 = 1+2

3 = 3

이제 직관적으로 생각해 봅시다.

n번째 계단을 올라가는 방법은

n-1번째 계단에서 한 칸 올라오는 방법과

n-2번째 계단에서 두 칸을 한 번에 올라오는 방법과

n-3번째 계단에서 세 칸을 한 번에 올라오는 방법도 있습니다.

n = (n-1) + 1

n = (n-2) + 2

n = (n-3) + 3

2nd Split.
recursion의 활용

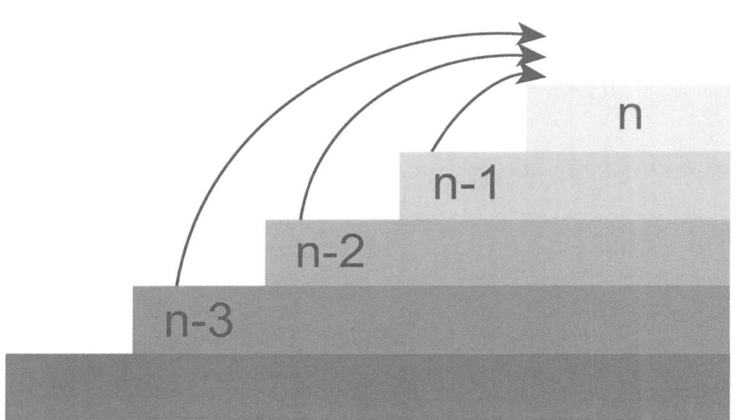

우리가 **n-1**번째 계단에 올라오는 경우의 수 **f(n-1)**을 알고,
n-2번째 계단에 올라오는 경우의 수 **f(n-2)**를 알고,
n-3번째 계단에 올라오는 경우의 수 **f(n-3)**을 안다면
이 세가지 경우를 모두 더해서 **n**번째 계단에 올라오는
경우의 수 **f(n)**을 구할 수 있습니다.

일반화해서 함수로 정의해 봅시다.

f(0) = f(1) = 1
f(2) = 2
f(n) = f(n-1) + f(n-2) + f(n-3) **(n>2)**

2nd Split. recursion의 활용

● 실전코드 연습 코너

```
#include <iostream>
using namespace std;

int f(int n)
{
    if(n<=1) return 1;
    if(n==2) return 2;
    return f(n-1)+f(n-2)+f(n-3);
}

int main()
{
    int n;
    cin >> n;
    cout << f(n);
    return 0;
}
```

재귀는 매력적인 프로그래밍 방법입니다.

대학시절 **recursion**의 존재를 모르는 상태에서
반복문을 사용하지 않고 반복기능을 구현할 수 있다는 것을
이해하는데 몇일이 걸렸습니다.

누군가의 친절한 설명이 있었다면 그렇게 밤을 지새지 않았겠지요.
그렇지만 그 시간이 결코 싫지만은 않았습니다.
성취감도 얻었거든요.

저에게 프로그래밍은 그런 것입니다.
머리를 뜨겁게 만들고,
시선은 아무대나 한 곳에 모아두고,
멍한 표정을 짓고,
어느 순간에는 숨을 참고 있고,
참은 숨을 내 뱉고,
다시 시선을 모니터에 모으고,
손끝에 키보드의 감촉을 느끼며
다시 코딩을 하게하는 그런 것입니다.

무엇인가를 이루었을 때의 희열!
프로그래밍을 하면 그런 순간을 만날 수 있습니다.

recursion을 사용하는 것이 항상 좋은 것은 아니지만
recursion을 사용하면 직관적으로 해결되는 문제들이 있습니다.

recursive function은
Depth First Search [DFS : 디 에프 에스 : 깊이 우선 탐색]나
Divide and Conquer [디바이드 앤 컨커 : 분할 정복]에서
바로 사용할 수 있습니다.

알고리즘 프로그래밍과 관련된 문제를 찾아보고
recursive function을 사용하는 프로그래밍 연습을 해보세요.

마무리하며 :

초/중/고등학생은 정보 올림피아드 기출문제나
각종 알고리즘 프로그래밍 대회문제를
recursive function을 만들어서 풀어보는 알고리즘
프로그래밍 연습을 해보는 것도 좋은 학습법입니다.

프로그래밍에 날개를 달아줄
C++ 프로그래밍 언어로 배우는
알고리즘 프로그래밍 학습
recursion 핵심기초를 마치겠습니다.